Le carnet de l'oiseau DE NOËL

Matt Poll

Le carnet de l'oiseau de Noël
Publié par The Stygian Society Ltd. Montréal, QC
Copyright © 2024 The Stygian Society Ltd. et Matt Poll. Tous
droits réservés.

Édité par Pamela Kat Johnson
www.pamelakat.com

Révision française par Marc André Bélanger

Il s'agit d'une œuvre de fiction. Les noms, les personnages, les
lieux et les incidents sont le fruit de l'imagination de l'auteur ou
sont utilisés de manière fictive. Toute ressemblance avec des
personnes réelles, vivantes ou décédées, des événements ou des
lieux n'est que pure coïncidence. Tous droits réservés. Aucune
partie de cette publication ne peut être reproduite ou utilisée de
quelque manière que ce soit sans l'autorisation écrite du détenteur
des droits d'auteur, à l'exception de l'utilisation de citations dans le
cadre d'une revue.

Pour en savoir plus sur Stygian, rendez-vous sur
www.stygiansociety.com

-Pour mes parents-

ℭHAPITRE 1

Montréal, 14 décembre 1960

Mairin s'écrasa dans le fauteuil et s'enfonça davantage dans l'épais peignoir en éponge de son père avec un frisson. À l'aide de ses orteils, elle tira la vieille chaise usée plus près du foyer. Elle pensa à son père. Celui-ci, Randall Lang, avait survécu à deux ans de guerre en Europe, mais les horreurs qu'il y avait vues l'avaient rattrapé une décennie plus tard, et avaient finalement eu raison de lui.

Le salon était illuminé de reflets flamboyants orange, qui faisaient vaciller l'ombre de l'arbre de Noël. Mairin posa les jumelles qu'elle était en train de nettoyer et mâchouilla une mèche de cheveux qu'elle avait enroulée autour de son index.

J'ai l'impression d'être à l'intérieur d'une de ces chandelles de restaurant en verre, pensa Mairin.

Elle contempla le petit sapin dans le coin, ses branches ployant sous le poids des boules et des guirlandes scintillantes dont sa mère l'avait surchargé, comme elle le faisait toujours avec le sapin de Noël familial. De gros flocons de neige flottaient dans le ciel de Montréal, visibles à travers la grande fenêtre du salon qui se couvrait de givre.

C'est peut-être une boule à neige dans laquelle je me trouve. Je suppose qu'il n'y a pas d'oiseaux à compter ce soir. Elle fit tourner le chocolat chaud dans sa tasse et l'examina attentivement. Elle se pencha en arrière mais alla trop loin, faisant basculer l'étagère. Presque tous les livres qui s'y trouvaient glissèrent et tombèrent sur le sol dans un fracas dramatique.

Mairin gloussa, puis se mit à genoux et commença à ranger la douzaine de livres qui se trouvaient sur le sol. Elle ramassa un volume et le replaça sur l'étagère, mais ses doigts se figèrent sur le dos rugueux. La surface défraîchie révélait une qualité plus ancienne que les autres livres n'avaient pas. Mairin retira le livre de l'étagère et l'ouvrit.

« *Christmas Carols, New and Old*, ... 1871, wow », roucoula Mairin silencieusement tandis que ses yeux se fixèrent sur la phrase qu'elle lut à haute voix. Elle s'assit contre la chaise en cuir abîmée et tenta de couvrir ses orteils nus avec l'ourlet de son pyjama en flanelle. Un nouveau frisson la fit rapprocher sa chaise du feu; elle ouvrit le livre vert effiloché, faisant craquer le vieux dos.

Mairin feuilleta les pages jusqu'à ce qu'elle trouve un cantique qu'elle connaissait - *The First Nowell*. Elle gloussa devant l'orthographe désuète et tira encore une longue gorgée de chocolat chaud. Puis elle posa la tasse et fredonna la chanson, agitant lentement le livre comme une baguette de chef d'orchestre. Au milieu du deuxième couplet, un mince cahier glissa hors du livre et atterrit sur ses genoux.

Mairin porta les pages jaunies à son nez et respira profondément l'odeur de renfermé, une odeur d'église. Elle ouvrit le carnet à la première page et admira les boucles d'écriture audacieuses, composées dans une nuance saisonnière d'encre vert foncé.

NDG Christmas Bird Census, M.N. était écrit en haut du papier ligné, avec les années 1905 à 1930 inscrites dans la marge gauche. Mairin se sentie interpelée.

« Qu'est-ce que... c'est fou! »

Elle passa son doigt sur les mots, incrédule.

« M.N.? Ce doit être grand-papa Nolan. Il était aussi amateur d'oiseaux? Cool! » marmonna-t-elle.

25 décembre 1905. *École Villa Maria. 14°F, ciel couvert. Neige épaisse, 2 pieds. 2 Pinsons duveteux. 2 Sittelle torchepot. 1 corneille.*

Villa! Mais c'est juste au bout de la rue! Mairin prit une longue gorgée de chocolat chaud et en renversa une partie. Elle s'essuya le menton avec le revers de sa manche et poursuivit sa lecture, la plante des pieds contre le feu.

25 décembre 1906. *Villa Maria. -4°F, neige abondante, épaisse, 3 pieds avec une fine croûte de glace. HIVER GLACIAL. 1 Bécasseau moustachu, 3 Sittelles torchepots, 2 Bruants des neiges? Sizerin albinos ou bruant des neiges? Plus petit que rouge-gorge. Voir notes.*

Après cette inscription, le grand-père de Mairin, Murray Nolan, avait fait deux petits dessins détaillés dans la marge de droite, représentant tous deux un oiseau entièrement blanc avec un bec noir. L'oiseau avait un profil gracieux et allongé, avec de longues ailes et une position horizontale. Aux yeux de Mairin, il ressemblait à un bruant des neiges avec la crête d'un cardinal. Elle savait que les bruants des neiges préfèrent la toundra arctique. On les voit rarement au sud de Montréal, tandis que les cardinaux sont des oiseaux strictement américains et n'ont été observés qu'une poignée de fois au Québec. Cependant, selon un chercheur local, on pense qu'ils sont en train d'étendre leur aire de répartition vers le nord.

« Snowbird? Qu'est-ce qu'un snowbird? »

Il y avait un vide de trois lignes sous l'entrée dans lequel les années entre 1915 et 1923 avaient apparemment disparu. Mairin loucha sur les entrées postérieures à 1923, qui étaient rédigées d'une autre main. Les dernières entrées étaient laconiques et écrites d'une écriture pâle en pattes de mouche, peu lisible par endroits.

Alors que Mairin se concentrait sur les pages, sa mère Élaine entra dans la pièce avec sa propre tasse de chocolat chaud.

« Ça commence à ressembler à Noël, hein Mair? Tout va bien? J'ai entendu quelque chose tomber » dit-elle.

Mairin jeta un coup d'œil à la tasse et se dit : *Bien, elle devrait être de bonne humeur quand je lui dirai que je pense lâcher l'école.*

« Oui maman, je regardais juste quelques vieux livres » dit-elle.

« Ah. C'est bon de te revoir, et à cette époque de l'année, tu sais? Oui, je l'ai dit. Tu es trop près du feu avec cette chaise. Ne t'endorme pas là, ou tu te réveilleras en feu! »

Mairin leva les yeux au ciel et sourit.

Élaine se tenait derrière la chaise longue et passa une main dans les cheveux de sa fille coupés au carré.

« Pourquoi as-tu fait ça à tes jolis cheveux, Mair? Oof, c'est un peu ridicule. »

« Ouais, ouais. Aaaah, ta gueule … »

Élaine rit, puis prit le livre de chants de Noël.

« Qu'est-ce que tu as là? Ah, je me souviens de ce livre. Nous avons chanté des chants de Noël dans ce livre quand j'étais plus jeune que tu l'es maintenant. »

Mairin tendit le cahier à sa mère pour qu'elle l'examine.

« C'était aussi là-dedans. Tu ne m'as jamais dit que Grand-papa Nolan était aussi un amateur d'oiseaux. Il faisait le décompte d'oiseaux à Noël, M'an, comme je le fais cette année! Tous les deux dans NDG - il le faisait à Villa Maria. Quelle coïncidence, hein maman? J'ai pété les plombs quand j'ai vu ça, c'est pas dingue? Et il y a quelque chose d'étrange là-dedans que je veux comprendre, des *snowbirds* blancs bizarres. Un mystère de Noël! »

« Oui, je suppose que ton amour des oiseaux est de famille. Ton grand-père allait compter les oiseaux à chaque Noël, selon maman. Quel que soit le temps. Et comme il voyageait beaucoup pour son travail, il était toujours à la recherche de nouveaux oiseaux pendant ses temps libres, comme toi. Est-ce que c'est le comptage de Noël pour ton... club à l'école? »

« Oui, m'an, nous sommes la Société ornithologique de l'Université Bishop's. Je suis la seule fille. Nous avons chacun une région différente de la province pour le décompte du jour de Noël, et je vais compter ici, dans NDG. Dans l'ancien temps, on organisait une chasse le jour de Noël, avec deux équipes qui tentaient d'abattre les plus d'oiseaux. Superbe Noël, hein? Des oiseaux au fusil de chasse? Et une perdrix dans un BLAM-O! »

Mairin appuya sa main sur la table et cria plus fort qu'elle ne le voulait, ce qui fit sursauter sa mère.

« Désolée! Un type a donc lancé un concours de décompte d'oiseaux à la place, en 1900. Un Américain, un aumônier, je crois. Parce que tuer tous les oiseaux à Noël, c'était plutôt nul. »

« Je vois, donc c'est devenu un concours maintenant? »

« Oui, si tu veux. »

Mairin montra la première page du carnet.

« Pourquoi grand-papa Nolan n'a pas recensé les oiseaux entre 1915 et 1923? »

Élaine prit les pages mais regarda l'arbre pendant un long moment, puis les rendit avec un soupir.

« Eh bien, papa est parti en France et a combattu pendant la Grande Guerre. Il n'est revenu qu'en 1919, après avoir été très malade. C'est... c'est comme ce que ton père a vécu après sa guerre. Tu comprends, chérie? »

« Elvis est bien réussi à quitter l'armée » réplica Mairin en buvant une nouvelle gorgée de sa tasse, les yeux brillants.

Élaine se croisa les bras.

« Elvis n'était pas un vrai soldat. Il n'avait pas besoin d'aller à la guerre, Mair. La guerre change ceux qui y participent. Elle les tue... à l'intérieur, en quelque sorte. Quoi qu'il en soit, ce n'est pas une conversation de vacances très joyeuse. »

Elle tendit à sa fille les longues chaussettes de laine à rayures de bonbons qu'elle avait sur son épaule.

« Tu vois ce que j'ai trouvé dans une boîte? Les vieux bas de Noël que tu fabriquais quand tu étais dans la classe de Madame Morissette. C'était en troisième année? »

Mairin acquiesça, puis frotta les chaussettes sur sa joue et rayonna.

« Merci maman, tu es vraiment géniale. Ils seront utiles. C'est vraiment... c'est un hiver glacial, n'est-ce pas? »

Élaine a jeté un regard étrange à Mairin.

« Oui, un *hiver glacial*. Okay, je suppose que c'est une bonne chose? »

« Oui M'aaaan, t'es extra! »

Les deux partagèrent un autre rire, puis l'aînée Lang se leva et fit tinter sa tasse à celle de sa fille.

« Ça fait chaud au cœur de te voir, Mair. Joyeux Noël » dit-elle, avant d'ébouriffa à nouveau les cheveux de sa fille.

« Il est temps de checker le four. Amuse-toi bien avec ton petit mystère de Noël, mais ne t'emballe pas trop. Ton grand-père était un peu... bizarre. Même avant la guerre » dit Elaine en se levant et se dirigeant vers la cuisine.

« ... toi aussi » dit-elle silencieusement, en jetant un coup d'œil en arrière.

Mairin enfila les chaussettes et sourit. Elle caressa les mots de son grand-père sur les pages et termina son chocolat chaud, au son du feu.

Elle fredonna « Snowbirds, snowbiiiiiirds » sur l'air de *First Nowell* et ferma les yeux tandis que le feu se réduisait à des braises orange foncé.

« Qu'est-ce que tu as là? Ah, je me souviens de ce livre. Nous avons
chanté des chants de Noël dans ce livre quand j'étais plus jeune
que tu l'es maintenant. »

CHAPITRE 2

17 décembre 1960

Mairin s'était levée tôt, emmitouflée sur le canapé dans la lumière terne d'une aube hivernale. Elle était penchée sur les notes de son grand-père, posées sur la table basse près de l'arbre de Noël, et buvait du thé.

Les pages fragiles qui suivaient les principales listes de Noël de grand-papa Nolan contenaient des notes plus détaillées sur des observations spécifiques, la plupart d'entre elles concernant les énigmatiques "snowbirds" qu'il avait aperçus à proximité, dans l'enceinte de l'école Villa Maria. Murray Nolan était méticuleux et doué pour consigner les détails importants, ce qui est d'autant plus impressionnant qu'il était jeune adolescent lorsqu'il avait commencé à recenser les oiseaux à l'occasion des Fêtes.

25 décembre 1906. Villa Maria. -4°F. J'ai encore observé des snowbirds sur le promontoire aux pommes. Deux oiseaux – un couple? Comment déterminer si   ou   ? Pas dans les livres. Les yeux et les pattes noirs excluent-ils les albinos? Des albinos auraient les yeux rouges et les pattes roses. Peut-être une sous-espèce de bruant des neiges entièrement blanche? Le corps semble avoir la même forme. Cri curieux : perçant, double râpe ascendante. Quelques percées singulières dans la croûte de glace, près des rochers.

Mairin retourna à la première page et l'étudia en fronçant les sourcils et se mordillant distraitement les cheveux. Après les premières observations de 1906, son grand-père n'avait enregistré des observations de Snowbirds que deux autres années, en 1914 et en 1925.

25 décembre 1914. Villa Maria. -1°F. Encore un hiver glacial.

Une mince croûte de glace sur quatre pieds de neige, difficile de monter sur la colline. Snowbird de retour au PP, quelle surprise. Un seul. Même appel particulier et mêmes percées dans la glace.

25 décembre 1925. *V.M. HG à nouveau. Glace. 4 S.Birds. Je les ai vus faire une percée.*

Mairin cracha ses cheveux et se recula de la table basse.

« Étrange. Trois hivers glaciaux, trois snowbirds apperçus à Villa Maria. PP? Le promontoire aux pommes! Mais que sont ces percées? »

Une légère inscription dans la marge, au bas de l'entrée de 1925, attira son attention.

Joli Noël. Un jambon pour le dîner. Tous les oncles sont venus. J'ai acheté une poupée à la petite Élaine (5 ans) pour Noël. Elle l'a jetée et en a demandé une plus belle.

« Ha! Je te comprends, Murray, elle n'a pas changé. »

« À qui parles-tu?" Élaine fit un clin d'œil en entrant de l'étroite salle de séjour.

Mairin a ri en montrant une page de notes à sa mère. « Je parlais à ce bon vieux Murray, l'homme-oiseau de NDG. »

« Hmmm » fit sa mère en enfilant un vieux manteau de laine.

« Hé maman, à quoi ressemblait grand-papa? Je ne crois pas avoir vu de photos de lui. »

« Oh, tu en a sûrement vu, avant le déménagement. On a des photos de lui, mais je ne les ai pas encore déballées. Il était beau, ton grand-père. »

« Okay. Hé, je vais peut-être aller à l'université McGill. »

« Oh wow, Mair, ce serait impressionnant! Mais je pensais que tes notes... »

« M'an, non, je veux dire plus tard dans la semaine. Je crois que j'ai encore un ami d'un ami dans le département de climatologie. Il faut que je lui demande son avis sur les hivers froids. »

« Oh, désolé, je... »

« Ouais ouais, maman, c'est méchant. Va faire tes courses. Prends de l'air! »

« Tu es sûre de ne rien avoir besoin en ville? Je serai à La Baie. »

« Non, maman, j'ai juste besoin de collines à pomme et d'un trou pour y mettre mes snowbirds, okay? »

« Drôle d'enfant. Mets un imper, on dirait de la neige fondante. Tu veux pas tomber et te tordre la cheville. »

Mairin prit une voix rauque à la Chubby Checker et se leva d'un bond. Elle se dirigea vers sa mère, dansant et se déanchant de façon menaçante.

« Un imper? Okay, je suis Chubby Slicker, et je vais venir tordre ta cheville! »

Élaine chassa sa fille de la main, comme s'il s'agissait d'un moustique.

« Allez bébé, dansons le twist-ahhh! »

Élaine passa sa paume sur le visage de sa fille et la repoussa doucement.

« Au revoir, Mair, ma folle », soupira Élaine, puis elle enfila ses gants et descendit les escaliers étroits du duplex.

Mairin se lèva.

« Il est temps d'aller à Villa Maria pour y jeter un coup d'œil et trouver ce promontoire aux pommes. Nous verrons de quoi parlait grand-papa avec ses snowbirds. »

Chapitre 3

Mairin expulsa une bouffée d'air glacé, « ... c'est un hiver sacrément froid, aussi sûr que Dieu a fait des petites pommes vertes » siffla-t-elle entre des dents qui ressemblaient à des Chiclets glacés. Le vent soufflait horizontalement, emportant avec lui de microscopiques lames de glace qui piquaient le visage et les mains de la jeune femme.

Peut-être parce que le terrain de l'école Villa Maria se trouvait à quelques pâtés de maisons de la maison familiale de Mairin, cette dernière n'était pas trop habillée : espadrilles Keds en toile par-dessus ses chaussettes rayées de troisième année, toutes imprégnées de neige fondue. Arrivée au bout d'une longue rue secondaire qui avait été déneigée, elle se retrouva devant l'entrée arrière de Villa Maria, face à une corniche de neige qui lui arrivait aux tibias.

« On dirait qu'ils ont oublié de déneiger ici. La place est énorme! Où est le promontoire aux pommes? Et surtout, *qu'est-ce* que c'est que le promontoire aux pommes?"

Comme un cheval hésitant, Mairin leva une jambe et l'enfonça dans la neige incrustée de glace. Elle avait de la neige jusqu'aux genoux. Elle s'arrêta pour réfléchir, scrutant les immenses terrains de football blancs, puis les collines derrière les bâtiments centenaires qui avaient longtemps servi de couvent avant d'être transformés en école pour jeunes filles riches. Mairin n'entendit pas l'homme s'approcher derrière elle, et sa voix fluette la fit sursauter.

« Vous allez bien, mademoiselle? »

« Oui. Oui. Oui, merci. Je cherche des oiseaux. Je compte les oiseaux pour le recensement de Noël » dit Mairin.

L'homme, qui devait avoir une soixantaine d'années, lui jeta un regard vague. Il tenait une large pelle et était habillé pour le temps, avec des galoches hautes et une canadienne. Son visage souriant et usé par les intempéries était encadré par un chapeau à rabat en fourrure.

« Je fais partie d'un club d'ornithologie. À l'université. »

« Okay, mademoiselle, ça va, mais soyez prudente. Si vous sortez des sentiers, la neige vous arrivera jusqu'ici » fit l'homme en portant la main à sa taille, puis en regardant le ciel pourpre. « ... et il va y avoir de la neige et de la glace, peut-être une tempête. Vous ne voulez pas vous perdre là-dedans, n'est-ce pas? Tenez-vous à ces empreintes, ce sont les miennes. La neige est compacte, mais des deux côtés, vous passerez au travers. »

« Ah oui, merci! » répondit-elle, l'incertitude transparaissant dans sa voix.

L'homme prit sa main nue dans la sienne et parla avec une chaleur familière.

« Tu trouveras bien, j'en suis sûr, Mairin. Au revoir. »

Un étranger lui prenant la main aurait normalement effrayé Mairin, mais l'homme dégageait un calme, une bonté qu'elle absorba sans s'en rendre compte. Sa main était tiède et rugueuse.

« Bien sûr. Oh hey attendez, est-ce qu'il y a un... promontoire aux pommes ici? »

« Un promontoire aux pommes? Mmmm. Eh bien, il y a le vieux verger là-haut » dit-il en montrant une petite colline remplie de branches de sumacs, « ... il y a encore quelques pommiers, mais attention à cette falaise friable. Il y a aussi quelques fondations sous la neige. Ne tombez pas dedans. »

« Un verger? Cela pourrait être l'endroit. A quoi servaient les fondations? Une vieille église ou quelque chose comme ça? »

« Non, ce sont les ruines de Gall, vieilles de 5o à 6o ans environ. On ne sait pas trop ce que c'était, mais elles n'ont pas été construites le plus solidement du monde! »

« Merci, monsieur. »

« Pas de problème. N'oubliez pas de faire attention au mauvais temps qui s'en vient. Ça devrait être glacial jusqu'à bien après Noël. Et appelez-moi Cob. Je serai là tout au long des vacances si vous avez besoin de quoi que ce soit. »

« Merci, Cob. »

Attends, est-ce que je lui ai dit mon nom? pensa Mairin alors que l'homme redescendait le sentier, mais cette idée fut balayée par son esprit agité, alors qu'elle se frayait un chemin dans la neige jusqu'aux hanches, s'aidant des branches de sumac pour se soutenir. Les fondations enfoncées dont Cob avait parlé étaient recouvertes d'une couche de neige épaisse et ininterrompue.

Mairin était essoufflée lorsqu'elle atteignit le sommet de la colline après dix minutes de marche, mais elle ne ressentait plus la morsure du froid sur ses pieds et ses chevilles. Elle avait réussi à gravir la fameuse colline et, malgré le froid, constata que l'endroit était magnifique — une oasis de champs et de bois enneigés et tranquilles, entourée des lumières lointaines d'un quartier en pleine expansion.

Mairin donna un coup de poing et brossa la glace et la neige sur une section d'étranges rochers violacés qui se distinguaient d'une certaine manière. Ces rochers escarpés ne semblaient pas avoir leur place au milieu de Montréal.

« L'Arctique, plutôt » murmura Mairin en examinant les

lichens gelés qu'elle avait découverts sous la neige. Il y avait plusieurs arbres fruitiers dénudés au sommet de la colline.

Probablement des pommiers... ce doit être l'endroit. Le promontoire aux pommes. Murray a parlé d'une colline, et oui, c'était ardu.

Plus près des rochers, des arbres d'un genre bien différent attirèrent l'attention de Mairin. Mairin n'avait jamais vu de conifères aussi rabougris et tordus, même dans son cours d'introduction à la botanique. Ils ressemblaient presque à ces petits arbres du Japon. Elle avait pourtant vu des exemples similaires d'arbres arctiques rongés par le vent dans les manuels - des krummholz - et lorsqu'elle passa le bout de ses doigts glacés sur l'écorce de l'un de ces arbres bizarres, ils touchèrent du métal.

« Hola! Qu'avons-nous là? »

Une plaque d'identification en métal, fortement bosselée par l'âge, était fixée autour du tronc de l'arbre. L'étiquette carrée était entourée d'un solide cadre en fer forgé et d'une fine chaîne qui avait été à moitié absorbée par l'écorce grandissante autour de l'arbre. Mairin se pencha pour la lire à la lumière de la lune décroissante.

« Ferrr ... ias dersuensis? *Ferias dersuensis.* »

Mairin tourna distraitement le petit étiquette métallique dans sa main et répéta plusieurs fois le nom scientifique de la plante pour le mémoriser. Elle toucha les lettres, qui étaient lisses, usées par les intempéries et presque illisibles.

« Wow, cette chose doit être aussi vieille que les pyramides. Cool! »

Elle regarda en arrière, vers le bas de la colline, les vieilles fondations, puis les restes squelettiques de deux minuscules serres victoriennes qui se blottissaient tout près sur la colline, en forme de cages à oiseaux surdimensionnées et à toit arrondi. Il n'y restait plus une seule vitre intacte.

Que disait Cob? Les ruines... les ruines de Gall. À vérifier aussi plus tard. Les ruines de Gall, les ruines de Gall, Ferias dersuensis, Ferias dersuensis.

Mairin fronça les sourcils en voyant plusieurs trous de la taille d'un poing qui perforaient la croûte de glace sous certains des petits arbres, et donna un léger coup de pied dans l'un d'entre eux.

Chirrup-ruuuup!

Quelque chose jaillit de la neige toute proche dans une traînée de poudre blanche. Mairin pencha la tête vers la gauche et sentit ses cheveux se dresser sous son chapeau.

Chirrup-rup-ruuuup!

Une tache de mouvement dans sa périphérie, blanc sur blanc, passa trop vite pour que Mairin puisse la suivre. Mairin sentit alors qu'elle était à nouveau seule sur la colline et relâcha un souffle qu'elle ne se souvenait pas avoir retenu.

« Criss! »

Elle imita l'appel qu'elle avait entendu, pour le garder en mémoire.

« Chirrup! Ruuup! Perçant... *Chiruupruuup*... double râpe, yes! Trop cool. J'ai trouvé ton oiseau, Murray. J'ai trouvé ton snowbird. Chiruupruuup! »

Mairin leva les yeux vers les rochers verticaux qui la surplombaient, surmontés d'autres petits arbres, et secoua la tête.

« Pas ce soir. » dit-elle en riant, avant de tourner les talons et de contempler longuement son environnement de carte postale.

Mairin se frotta les mains l'une contre l'autre et souffla dessus pour retrouver un peu de sensation, puis elle redescendit la colline à grandes enjambées, les mains coincées sous les aisselles.

De retour à la maison, Mairin jetta sa veste, ramassa les notes de son grand-père et se rendit directement près du feu.

8 janvier 1926
J'ai fait part de mes observations de snowbird au professeur Drouin de l'Université McGill, qui a rejeté d'emblée l'idée du snowbird. Qu'est-ce qu'il en sait, de toute façon, c'est juste un pousseux de crayon.

Vers la fin du carnet, après une section de pages qui avaient été déchirées, il y avait plusieurs pages de notes qui commençaient sous l'en-tête : **Résumé : Projection de l'expansion territoriale vers le nord du cardinal.**

Les notes étaient rédigées de la même main que les écrits d'avant-guerre de Murray - des traits profonds et animés. D'un seul coup, Mairin se rendit compte que les deux mains étaient la même, celle son grand-père, les faibles gribouillis trahissant un homme écorché par la guerre.

« Un résumé? Bon sang, Murray était en train d'écrire une thèse! »

Mairin a parcouru les points saillants du texte.

Il semble que le cardinal ne soit pas une espèce locale comme on le pense généralement, mais une qui étend activement son aire de répartition vers le nord, peut-être en réaction à des facteurs environnementaux. Cette expansion se fait probablement par à-coups, ce qui rend l'observation et l'enregistrement problématiques jusqu'à ce qu'un plus large éventail d'observations ne soit disponible. Peut-être qu'à mesure que les recensements d'oiseaux de Noël gagnent en ampleur et en popularité, les données enregistrées par ces compteurs citoyens pourraient être utilisées pour dresser un tableau beaucoup plus large de la distribution réels du cardinal et d'autres espèces, qui me semblent être en constante évolution, les différentes espèces réagissant aux changements de l'environnement et aux opportunités qui les entourent.

Dans les marges, Murray avait écrit : *La même chose pourrait-elle se produire avec les snowbirds, mais dans la direction opposée?*

Mairin s'émerveilla, puis passe à une entrée plus récente.

24 septembre 1928
J'ai à nouveau présenté mes conclusions sur les Cardinaux du Nord à Drouin, qui s'est montré très intéressé cette fois-ci. J'ai travaillé avec lui pendant trois semaines, passant en revue certaines de mes découvertes, mais pas toutes. Puis, un beau jour, il n'a pas répondu à mes appels et il semble que le rat ait publié sa thèse de doctorat sur devinez quoi ... la projection des déplacements vers le nord du cardinal! Drouin a volé mon travail, mais comment le prouver? Je suis trop fatigué pour me battre avec lui. À quoi ça servirait?

Les coups de crayon étaient particulièrement profonds lorsqu'ils épelaient "Drouin". De petites éclaboussures d'encre étaient évidentes autour de la dernière occurrence de son nom, comme si Murray l'avait poignardée avec la plume sous l'effet de la colère.

Mairin tourna les pages du carnet jusqu'à la fin, mais fut déçue de ne trouver aucune des données concrètes que son grand-père avait recueillies sur les cardinaux au cours de ses voyages d'affaires - les données qui pourraient prouver que le texte du professeur Drouin était en fait à l'origine la découverte de son grand-père.

Mairin ferma le cahier et le posa. « Oh, Murray, un autre mystère? Commençons par le commencement. Trouvons notre snowbird. »

Chirrup-rup-ruuuup!

CHAPITRE 4

23 décembre 1960

Après un trajet de 30 minutes dans deux autobus aux fenêtres brumeuses le long de la rue Sherbrooke, Mairin descendit à l'Université McGill et traversa le campus pittoresque en direction des bâtiments scientifiques.

Le département de botanique était déjà fermé pour les Fêtes, mais après un rapide passage à la bibliothèque, Mairin trouva son Ferias dersuensis dans un énorme livre avec de luxuriantes planches en couleur. Il s'agissait d'une sous-espèce rare d'épicéa nain que l'on ne trouve que dans les régions les plus nordiques du Bouclier canadien. L'arbre se distinguait par son système racinaire étendu et par la production de petites baies brunes comestibles près de la base de son tronc pendant les hivers les plus rudes.

Mairin constata que le département d'histoire est lui aussi fermé, elle retourna donc à la bibliothèque en sacrant. Avec l'aide d'une bibliothécaire, elle trouva sur microfilm un article sur Gall tiré de la Gazette de Montréal, datant de janvier 1897 et intitulé : "Alasdair Gall's Arctic World Bid to Compete with World's Fair a Flop" (Le projet d'Alasdair Gall pour concurrencer l'exposition universelle est un échec).

Mairin prit connaissance du projet grandiose que Gall, un escroc écossais, avait présenté à la mairie de Montréal : « Artic World », un musée en plein air et une sorte de zoo, qui sont censés mettre Montréal sur la carte de la même manière que l'Exposition universelle de 1896 l'avait fait pour Chicago. Les terrains pittoresques de l'école Villa Maria avaint été choisis comme lieu improbable pour cette exposition grandiose. Selon les autorités, le plan de Gall consistait à escroquer les trois niveaux de gouvernement, ainsi que les riches investisseurs locaux, puis à quitter la ville et à disparaître quelque part à l'étranger.

Gall l'avait présenté comme une sorte d'exposition universelle en miniature et avait préparé des dessins conceptuels très ambitieux, mais en fin de compte, tout cela s'est avéré être de la foutaise. Lorsque le moment venu de présenter le site à la presse, aux investisseurs potentiels et aux fonctionnaires de la mairie, tout ce que Gall avait réussi à installer sur le terrain de Villa Maria était quelques petits bâtiments inachevés, deux serres miniatures contenant de la "flore arctique exotique", six ours polaires en contreplaqué et deux prétendus "Esquimaux" en peaux de phoque, que l'on pensait être des acteurs.

Mairin fit défiler l'article et prit des notes d'une main enthousiaste.

Mairin monta une volée de marches et entra dans le département de climatologie. Son apparition redressa un vieil Anglais endormi aux cheveux en cumulonimbus indisciplinés qui était à moitié affalé sur un monticule de paperasse. Le bureau dégageait une odeur de renfermé — un mélange réconfortant de champignons humides et de vieux livres.

« Professeur Nash? Je suis Mairin Lang, une amie du professeur Zerafa à Bishop's, il m'a donné votre nom. J'espérais pouvoir vous parler de quelque chose pendant quelques minutes. »

« Oui, bonjour, entrez. Vous avez de la chance qu'il y ait quelqu'un ici. C'est aujourd'hui le dernier jour des heures de bureau. Vous m'avez surpris en train de corriger des copies. Enfin, en train de faire une pause dans la correction des copies, en quelque sorte. Asseyez-vous, s'il-vous-plaît » dit-il en repoussant d'une main une pile de journaux sur une chaise et en s'efforçant vainement de rabattre ses mèches folles de l'autre.

« Merci beaucoup. Je vais essayer de faire vite, et vous laisser vous y remettre. » Mairin observa le comportement maladroit et joyeux du vieil homme, puis sortit de sa poche un bout de papier plié et l'aplatit devant lui.

La feuille portait l'en-tête « Des hivers glaciaux », en-dessous de laquelle apparaissaient quatre années : *1905, 1914, 1925 ... 1960*?

« Des hivers glaciaux, hein? Puis-je... puis-je poser votre question avant que vous ne le fassiez? » demanda le professeur avec vivacité, en se redressa un peu plus.

« Bien sûr. » fit Mairin.

« Vos hivers froids et désagréables, ces années... nous les connaissons bien dans ce département. Ces années ont toutes été marquées par des précipitations supérieures combinées à des températures inférieures à la moyenne dans cette partie du monde. Tout cela est dû aux courants océaniques chauds qui remontent des régions équatoriales. Les sondes océaniques recueillent ces données, comme vous le savez peut-être, avec un équipement très sophistiqué. Au cours de ces années particulières, le temps est plus sec que la normale à l'ouest, mais ici, dans le nord-est, l'hiver est humide et froid. Cela arrive une ou deux fois par décennie, à divers degrés. Et pour répondre à votre question *1960*?... Oui, nous en avons un cette année, comme vous l'avez peut-être remarqué » ajouta-t-il en pointant vers la blancheur hurlante de l'autre côté de sa fenêtre glacée.

« D'accord, très bien. Et au nord? Dans l'Arctique? Que se passe-t-il là-bas pendant ces hivers glaciaux? » demanda Mairin.

« Ah, excellente question! Il n'y a malheureusement pas
encore de réponse satisfaisante, car il est beaucoup plus
facile de convaincre les étudiants de troisième cycle de se
rendre sous les tropiques pour leur travail de terrain que
dans l'Arctique, vous savez. Cela vous intéresserait-il de
passer quelques mois dans une tente là-bas? » dit-il en riant.

Mairin sourit et secoua la tête en simulant un frisson.

« Quoi qu'il en soit, je soupçonne que la situation dans
l'Arctique au cours de ces années anormales conduirait
peut-être à des cycles de chaleur et de froid inégaux, ce qui
modifierait les schémas normaux de neige et de glace. »

« Qu'est-ce que cela ferait aux animaux, aux oiseaux et
autres, là-haut? » demanda Mairin.

« J'imagine que ce serait assez déconcertant pour eux. Cela
perturbe l'alimentation et la reproduction. Le givre et la
fonte surviendraient à des moments inopportuns. Il en
résulterait des phénomènes tels qu'une perte inattendue de
glace de mer ou, à l'inverse, des conditions entraînant des
phénomènes de givre anormaux. Mais ce n'est qu'une
supposition d'un vieux climatologue. »

« Merci beaucoup pour votre temps, professeur Nash. Joyeux
Noël! » dit Mairin.

« Joyeux Noël, ma chère. Mes amitiés au professeur Zerafa. »

La dernière étape des recherches de Mairin l'amena dans les
laboratoires de biologie exigus, cachés derrière les panneaux
de bois du musée Redpath. Alors que Mairin tendait la main
pour toucher la queue d'un énorme squelette de dinosaure,
pièce maîtresse du musée, un étudiant diplômé avec une
barbe de trois jours s'approcha d'elle et agita ses mains pour

attirer son attention.

« Hé, hé, désolé, on ne touche pas! »

Mairin retira sa main.

« Merci. Il ne faut pas toucher au dinosaure. Vous devez être Mlle Lang. Zerafa m'a dit que vous passeriez aujourd'hui. Vous faites partie de la Société d'ornithologie de l'Université Bishop's? » dit-il, réussissant à être à la fois insistant et timide. Mairin vit clairement qu'elle lui était tombée dans l'œil.

« Oui, c'est exact. Ce qui veut dire que vous êtes Rodney Arnold, n'est-ce pas? Zerafa m'a dit que vous étiez au secondaire ensemble dans le Vermont. »

Après qu'ils se soient installés dans le petit bureau d'Arnold et aient échangé quelques politesses, Mairin montra à Rodney les dessins de son grand-père représentant le snowbird. Le jeune universitaire fronça les sourcils et se pencha sur l'image.

« Il a la morphologie d'un bruant des neiges. Je ne sais pas pourquoi il est tout blanc, ni à quoi correspond la crête. Votre grand-père était-il un artiste? Il fabulait? Parce que ce n'est pas une vraie espèce qu'il a dessinée. » se moqua-t-il.

Mairin fronça les sourcils. « Mon grand-père était un passionné d'oiseaux. Il a participé à certains des tout premiers recensements d'oiseaux de Noël au Canada ... le premier à le faire dans NDG, et quand il n'avait que 13 ans. »

Arnold poussa un soupir douloureux, mais essaya de le cacher par un sourire. Il toucha la manche de Mairin.

« Mairin, je sais que ton grand-père était probablement un grand ornithologue, mais penses-tu que lorsqu'il a dessiné ceci... je veux dire qu'il n'était qu'un enfant... et que ça représente un véritable oiseau? »

« D'accord, changeons de sujet une minute, Rodney. Le professeur Drouin travaille-t-il encore ici? Il semble que mon grand-père soit venu le voir quand il a trouvé son oiseau. Notre oiseau. Il semble que Drouin lui ait réservé un accueil similaire à celui que tu viens de me réserver. » dit Mairin avec un sourire malicieux.

Arnold sembla soudainement préoccupé. « J'ai eu le plaisir de rencontrer le professeur Drouin une fois, mais je n'ai jamais étudié sous sa direction. Il a été écarté du département à cause des ... penchants de sa vie privée, mais nous sommes tous très fiers de lui, et protecteurs de ce qu'il a accompli ici. Il a mis notre département sur la carte. »

« Oui, son étude sur les cardinaux. Je l'ai lue, c'était la plus importante pour lui, n'est-ce pas? Ses recherches ont toutes été vérifiées? » demanda Mairin en se penchant.

« Oui. Mis à part le fait que ses données initiales sur la migration étaient un peu maigres, le reste de ses hypothèses et de ses conclusions se sont avérées en fin de compte. Il s'agit d'une étude novatrice, tout comme sa suggestion d'utiliser les comptages d'oiseaux de Noël pour compléter les données migratoires et démographiques recueillies de manière scientifique. »

« Hmmm » fit-elle d'un ton sceptique.

« Et si le professeur Drouin pensait que les snowbirds de ton grand-père étaient bidons, alors ils sont bidons » ajouta-t-il avec un faible sourire. « Désolé. »

« Ce n'est pas une fabulation. Je crois que j'en ai entendu une aussi, au même endroit. Il y a quelques jours dans NDG. »

Rodney plissa les yeux.

« Tu l'as *entendu*. A quoi ça ressemblait? »

« Je ne sais pas. Comme... comme il l'a décrit. Comme ça : *chiruuup-rup*! »

Les sourcils de Rodney se froncèrent. Il regarda le dessin et secoua la tête.

« Okay. Fais-moi plaisir » dit Mairin en reprenant le dessin. « Si quelqu'un avait ramené des oiseaux de l'Arctique? Peut-être pour les mettre dans un zoo ou une exposition ou quelque chose comme ça, et qu'ils s'étaient échappés? »

« Pourquoi quelqu'un ferait-il cela? Je veux dire que le bruant de McKay, qui est similaire au bruant des neiges, *est* présent en Alaska. Mais il a des plumes primaires noires sur les ailes. Il s'agit ici d'un oiseau entièrement blanc. Un albinos. Et avec la crête sur cette image, ce n'est pas un vrai oiseau, comme j'ai dit. C'est juste une fantaisie. Un joli dessin. »

« Mais il n'avait aucune raison de l'inventer. Il ne l'a jamais dit à personne. »

Rodney haussa les épaules, et Mairin crut le voir sourire à son tour. « Il n'en a parlé à personne d'autre que Drouin? »

Mairin senti sa nuque commencer à se réchauffer. Elle respira profondément. « D'accord, admettons, par hypothèse, que ces oiseaux existent dans l'Arctique. Pourquoi viendraient-ils si loin au sud? Est-ce que des conditions météorologiques hors de l'ordinaire les amèneraient à venir ici certains hivers? Par exemple, au cours d'une année comme celle-ci, lorsque les courants tropicaux perturbent notre climat et le rendent plus froid et plus humide que d'habitude? »

Rodney arqua un sourcil.

« Aha, voilà qui est plus intéressant. De la science. En fait, j'enseigne un module sur ce que vous décrivez. Parfois, les oiseaux nordiques finissent par être déplacés de leur aire de répartition normale. »

« Intéressant. Et auraient-ils pu se déplacer à cause de ce temps anormal? » demanda Mairin.

"Oui, bien sûr, j'y venais. Des espèces comme les harfangs et les pinsons descendent parfois jusqu'à Montréal, et parfois même bien au sud, jusqu'aux États-Unis, certains hivers, parce que les conditions météorologiques leur sont pénibles là où ils vivent normalement, dans le Haut-Arctique. »

« Par exemple? Misérable comme comment? »

Rodney leva les yeux, fronça les sourcils, comme s'il essayait d'attraper fait insaisissable. « Eh bien, les... les harfangs des neiges descendent lorsque le temps se réchauffe au milieu de l'hiver, je crois. Les lemmings et les autres proies dont ils dépendent peuvent se cacher sous la couche de glace qui recouvre la neige. Les harfangs ne peuvent pas les atteindre. Et les pinsons, comme les becs-croisés et les sizerins... »

« Je connais les pinsons. » indiqua-t-elle avec un mouvement de tête qui sembla plus défensif qu'elle ne l'aurait voulu.

« Oui, les pinsons se déplacent vers le sud lorsque les récoltes de pommes de pin sont mauvaises, en raison d'un printemps difficile. »

« À quelle fréquence ce genre de choses se produit-il? Des oiseaux arctiques qui descendent si loin au sud? »

« Oh, peut-être une ou deux fois par décennie. C'est un domaine qui commence à peine à être étudié : les mouvements saisonniers anormaux dus à des facteurs climatologiques défavorables. Mais les oiseaux peuvent aussi se perdre au cours de leur migration, poussés par une tempête, par exemple. Il arrive aussi qu'un oiseau abmigre, c'est-à-dire qu'il migre dans la mauvaise direction. »

« Et si l'un de ces oiseaux errants ou migrateurs du nord trouvait un petit coin de paradis ici? Comme un petit groupe d'arbres arctiques et de baies qu'il aime? »

« Des arbres arctiques? Je ne sais pas, mais oui, il est possible qu'un oiseau égaré s'installe, par exemple, dans un arboretum, où il trouve des arbres de sa région d'origine et s'y perd. C'est arrivé plusieurs fois en Floride. Une sorte de colombe, je crois. »

« Y a-t-il des oiseaux qui se nourrissent des baies du Ferias dersuensis? »

« *Ferias dersuensis*? Je ne sais pas. » Rodney fronça le nez.

« Okay, merci Rodney, tu as été d'une aide précieuse. »

« Bien sûr. Tu me feras savoir si tu trouves quelque chose d'autre? Je ne pense pas que ce soit quelque chose, mais ce pourrait être une découverte passionnante s'il ne s'agit pas d'un simple albinos. Si tu découvres une espèce inconnue, tu feras la une des journaux, j'imagine. »

« Huh, je croyais que tu avais dit que c'était de la fantaisie. »

Rodney haussa les épaules et marmonna : « Alors oui, je veux dire que tu peux passer ici quand tu veux. Si tu veux... pour parler un peu plus des oiseaux, je veux dire. »

Mairin remarqua que son teint était devenu plus rosé.

« Très bien. Passez un joyeux Noël, Roddy-o! » chanta
Mairin en sautant hors du bureau. En sortant, elle s'efforça
de toucher le dinosaure.

« Hé, hé, désolé, on ne touche pas! »

ℭHAPITRE 5

Dans le bus qui la ramenait dans Notre-Dame-de-Grâce, Mairin disposa les pièces de l'énigme aviaire en s'efforça d'en construire un récit qui ait un sens.

Réfléchis, Mair! Donc ... en 1896, ce Gall a obtenu un tas de Ferias dersuensis de l'Arctique et a essayé de les utiliser dans le cadre de son arnaque d'Arctic World, qui a échouée. Mais les arbres sont restés à Villa Maria. Dix ans plus tard, au cours d'autres hivers particuliers, les conditions climatiques de l'Arctique ont poussé une espèce d'oiseaux tout blancs, les snowbirds, à errer vers le sud à la recherche de meilleurs pâturages, et certains d'entre eux ont découvert les arbres de Gall. Et puis, miracle des fêtes, mon grand-papa Nolan a trouvé les snowbirds alors qu'il participait à l'un des premiers recensements d'oiseaux de Noël au Canada, à six pâtés de maisons de chez lui. C'est trop fou pour être vrai. Non, c'est bien réel. Mais qu'est-ce que c'est? Ce ne sont pas des albinos... une toute nouvelle espèce de bruant après tout? Un bruant des neiges à crête?

L'annonce du chauffeur d'autobus sortit Mairin de ses rêveries déductives. Elle descendit de l'autobus no 103 à l'angle de Monkland et de Décarie et enjamba un imposant banc de neige pour atteindre le trottoir. Elle espérait arriver à Villa Maria avant le coucher du soleil, mais l'horizon orange et poussiéreux lui indiquait qu'elle s'était attardée trop longtemps à McGill.

Bien qu'elle fût mieux préparées, les bottes en caoutchouc de Mairin laissent encore passer un peu de neige. Mais cette fois-ci, ses pieds n'étaient pas complètement trempés. Elle traça une suite d'empreintes sinueuses dans la couche de glace qui recouvrait la neige épaisse, tentant ainsi de faciliter son passage.

Lorsqu'elle atteignit la zone rocheuse où se trouvait les restes d'Arctic World, Mairin dépassa les sumacs et les pommiers, puis gravit et contourna une colline à la pente plus douce. Elle se hissa ensuite au sommet d'un petit plateau qui s'élevait vingt pieds au-dessus de l'endroit où elle avait trouvé l'étiquette métallique de l'arbre.

Il y avait une quinzaine d'arbres noueux, recroquevillés au sommet, avec plusieurs trous bizarres entre eux. Mairin s'accroupit et inspecta l'un des trous. Il partait de l'endroit où se trouvaient les étranges baies brunes et semblait s'enfoncer dans un labyrinthe de racines, comme un terrier de lapin gelé.

"On dirait du gruyère, merde. Est-ce les percées? C'est l'heure de la surveillance."

Mairin se rapprocha du bord de la falaise et s'accrocha des deux mains à l'un des Ferias dersuensis. Elle cala le bout de sa botte gauche dans un petit orifice de la paroi friable de la falaise pour se stabiliser, puis scruta la surface ondulée de la neige.

Pendant vingt minutes, rien ne bougea, si ce n'est les cristaux de glace qui s'envolaient d'un toit voisin et qui se tordaient en rubans chatoyants pour s'abattre sur le visage de Mairin. Mairin eut l'impression que trois heures s'étaient écoulées, avec le sang de ses extrémités immobiles qui commençait à se retirer vers son cœur, provoquant des picotements dans ses doigts et ses orteils sous l'effet des premières gelures.

Elle commençait à envisager une retraite stratégique lorsqu'une escadrille de cinq corneilles passa en rase-mottes au-dessus d'elle et se posa sur un grand peuplier. Les corvidés se perchèrent silencieusement, les têtes tournées dans tous les sens, scrutant les trous dans la neige pendant un long moment, avant de partir en masse d'un seul croassement de l'oiseau de tête.

Leur départ provoqua une série d'événements fantastiques que Mairin avait espérés depuis qu'elle avait découvert le journal des oiseaux de Noël de son grand-père. Depuis la crête qui surplombait le petit plateau auquel Mairin s'était accrochée, une bouffée de neige fleurit et un flou blanc s'envole vers les *ferias*. La jeune ornithologue fut bouche bée lorsqu'un élégant oiseau tout blanc fonça sur elle en suivant une trajectoire serpentine. Il déploya ses longues ailes blanches comme un parachute un instant avant d'atteindre l'un des petits arbres, ralentissant son vol jusqu'à ce qu'il se pose sur une branche basse au ralenti.

À une quinzaine de mètres, Mairin observa l'oiseau exquis et aérodynamique. Il avait des ailes en flèche qui lui permettaient d'atteindre une vitesse sans effort. Il était d'un blanc pur, à l'exception de ses petits yeux noirs, de son bec et de ses pattes, comme Murray l'avait décrit.

On dirait une décoration de Noël chèrante de La Baie. Non, comme l'ornement d'une de ces vieilles voitures de luxe.

Mairin observa l'oiseau pendant de longues minutes. Il picorait les baies brunes avec son petit bec et les scrutait avec circonspection, sa crête le plus souvent repliée. Il était délicieusement camouflé sur la branche, ressemblant à une plaque de neige. Le croassement d'une corneille lointaine interrompit ce moment.

L'oiseau blanc tressaillit, étendit sa petite crête, puis se jeta de la branche. Les ailes serrées contre ses flancs, il tomba droit comme une fléchette de gazon. L'oiseau se posa durement sur la neige et s'immobilisa, se rendant invisible. Mairin plissa les yeux, incrédule.

Oui, il est là... mais, ha ha, non, il n'est plus là? Parti où? Dans une percée?

Elle sortit ses jumelles Leica 8x30 de sa poche et se concentra sur la plaque de neige où l'oiseau s'était posé pendant plusieurs minutes, mais ne parvint toujours pas à le localiser. Mairin pivota son pied d'ancrage pour obtenir un meilleur angle, faisant craquer plusieurs tranches de la petite plate-forme rocheuse qui supportait son poids.

Rien ... rien ... il s'est envolé? Rien ... là? Là!

Mairin vit une plaque de neige onduler presque imperceptiblement et comprit que l'oiseau s'était enfoncé sous la croûte de givre, ne laissant dépasser que le bout de sa queue et sa tête. Elle distingua faiblement un petit œil noir, scrutant les formes hostiles dans le ciel noir-bleu de la pénombre.

L'oiseau blanc sortit la tête un peu plus loin. La neige sur son dos tremblait tandis que l'oiseau se frayait un chemin à travers la neige en l'ébouriffant et en la secouant. Il sautilla prudemment sur la glace, toujours presque invisible. Une fois qu'il fut certain qu'il n'y avait pas d'autres menaces, l'oiseau s'élança, rasant la neige recouverte de glace. Il se posa au pied d'un autre *ferias* et disparut à nouveau, peut-être dans l'un des trous au-dessus de ses racines.

Wowwww.

Mairin n'avait jamais entendu parler d'un oiseau-chanteur adoptant ce type de comportement d'enfouissement dans la neige en camouflage défensif. Bien sûr, certaines espèces de tétraonidés se perchaient sous la neige la nuit, mais se cacher dans la neige? *Fantastique! Comment pouvait-il savoir faire cela, se cacher ainsi dans la neige blanche, s'il s'agissait d'un oiseau albinos? Est-ce un genre de comportement acquis?* Les pensées de Mairin étaient un fourmillement désordonné.

Elle observa la zone des mystérieux trous de gruyère pendant plusieurs minutes encore, son esprit ignorant à nouveau les alertes d'engelures que son corps émettait. La dernière chose que Mairin vit avant que son monde ne bascule fut le snowbird qui se dégageait de la neige au loin et offrait une vue latérale spectaculaire à travers les lentilles tachées de givre de ses jumelles. S'efforçant de voir l'oiseau, elle se tordit le pied et se dressa sur la pointe des pieds, faisant craquer et s'écrouler le dernier morceau de roche qui la retenait.

En tombant, Mairin saisit le tronc grêle de l'un des sapins nains et regarda les racines s'arracher à la neige. Elle regarda calmement les racines et les mottes de neige qui tournaient au ralenti dans le ciel noir. L'estomac de Mairin se revira lorsqu'elle dégringola la falaise de cinq mètres, un enchevêtrement de membres battant la chamade par réflexe. Elle atterrit durement sur sa cheville contre la base de la falaise, puis tomba à travers la croûte de glace, envoyant des étincelles de douleur rouge dans tout son système. Son esprit s'éteignit dans un dernier éclair.

Mairin se réveilla dans l'obscurité, un voile de neige recouvrant son visage. Le froid, combiné à la douleur de sa cheville, la tourmenta jusqu'à ce qu'elle reprenne conscience. Elle poussa un cri et dégagea sa tête de la neige, le visage mouillé de larmes et de neige fondue. Mairin se redressa sur ses coudes et tenta de se mettre debout. Une nouvelle salve de douleur provenant de sa cheville la fit arrêter. Le vent redoubla de force et Mairin ramena sa tête sous le niveau de la croûte de glace avec un gémissement, se protégeant comme l'avait fait le snowbird. Elle se rendit vaguement compte qu'elle avait perdu une botte dans la chute, ainsi qu'une mitaine.

Les premières tendances glacées de la panique se glissèrent

dans l'esprit de Mairin en même temps que les frissons involontaires commençaient à se manifester quelque part au fond d'elle. Elle tenta à nouveau de se lever, mais elle anticipait cette fois la douleur à la cheville avec effroi, et tressaillit et retomba au premier signe.

Vais-je vraiment mourir? Je suis trop jeune. Je ne suis qu'à six rues de chez moi, et ma mère ne saura jamais ce qui m'est arrivé. Je ne lui ai pas dit que je lâchais l'école et je n'ai pas encore emballé ses cadeaux.

Mairin essaya de ramper dans la neige couverte de glace et fit environ quinze pieds avant de s'effondrer à nouveau, le menton et la lèvre inférieure ensanglantés d'avoir brisé la glace à plusieurs reprises. Elle était épuisée, et l'adrénaline qui l'envahissait la rendait plus froide et plus à vif qu'elle ne l'avait jamais été. Elle ferma les yeux.

Vais-je vraiment mourir juste avant Noël?

« Non, vous n'allez pas mourir, mademoiselle » fit l'homme en soulevant Mairin par les revers de sa veste pour l'asseoir.

« Ummff. Quuuu? » gémit-elle.

L'homme lui pinça brusquement les joues, la réveillant d'un cran. Mairin grimaça.

« Quoi? Je suis au ... Cob? »

« Eh oui! Ce n'est pas une place pour faire un somme! » ajouta Cob, sans une once d'humour.

« Pourquoi... combien de temps... ici? J'ai froid. »

"Assez longtemps. Vous m'avez demandé si vous alliez

mourir à Noël. Il n'en sera rien. Qu'est-ce que vous faites ici à escalader les rochers tout seul, la nuit? Et par ce temps? Il n'y a sûrement pas d'oiseaux à compter pour votre club en cette heure-là? »

Mairin se frotta les mains et secoua vigoureusement la tête pour chasser le froid qui avait failli l'immobiliser pour de bon. « Non. Oui. Il y avait des corneilles. Et le, l'un des snowbirds. Des oiseaux blancs. Uhhh ... oh man ... »

Le gardien enleva ses gants et serra les mains de Mairin entre les siennes. Une vague de chaleur - une chaleur et une vitalité impossibles - passa dans les mains de Mairin et s'infiltra dans le reste de son corps.

« Ce snowbird, d'où vient-il? » chuchota Cob.

Mairin ferma les yeux et laissa la chaleur raviver son corps, qui avait été en train de s'éteindre, une partie à la fois.

« Merci. » dit-elle d'une petite voix.

Cob se leva de sa position accroupie et aida lentement Mairin à se relever. Lorsqu'elle fut debout, il balaya la neige de son pantalon à l'aide de ses mitaines.

Mairin prit le bras de Cob, puis le suivit avec précaution dans les traces qu'il avait creusées dans la neige épaisse, jusqu'au sentier principal menant à l'entrée de la rue Monkland. Les mots de Mairin se déversèrent jusqu'à ce qu'elle soit à bout de souffle.

« Je vous remercie. Donc, les snowbirds, je pense. Les snowbirds, je crois, ma théorie, c'est qu'il s'agit d'une espèce inconnue de bruants de l'Arctique qui est déplacée par le mauvais temps une ou deux fois aux dix ans. Ils ont trouvé un arbre spécial ici, le *Ferias dersuensis*, que Gall a apporté ici. C'était un escroc, et les snowbirds se sont laissé berner par cet arbre, parce qu'il leur rappelle leur pays, je suppose, et qu'ils en aiment les baies, et qu'ils se perchent sous la neige, près des racines de *ferias*. »

« Ah. Les racines, ça leur rappelle la maison. Voilà qui explique tout. Ce ne sont donc pas des albinos après tout? »

« Non, hum, non. Pas les albinos » confirma-t-elle en tournant curieusement la tête.

« C'est à cause de ces hivers glaciaux » dit l'homme en riant.

« Oui. »

« Ce froid hivernal a failli t'emporter, Mairin. Je ne veux pas te voir traîner ici la nuit, d'accord? Je ne serai pas toujours là pour te repêcher. »

« Oui » répondit Mairin, toujours avec une voix rêveuse.

Cob lui prit les mains et l'aida à franchir en boitillant le talus de neige d'un mètre cinquante qui bordait le sentier menant à Monkland. Ils marchèrent tous les deux sur le sentier, et Mairin laissa les derniers frissons se propager en elle. Le vieil homme lui tendit son sac à dos et lui pinça à nouveau la joue, cette fois-ci plus doucement, d'une manière familière.

« Studia vestra sunt momenti, Mairin », dit Cob d'une voix si faible que Mairin l'entendit à peine.

« Sorry? » répondit Mairin, passant à l'anglais.

J'ai dit : « Rentre à la maison, demande à Élaine de te préparer de la soupe de poulet au riz et mets des bouillottes sur tes orteils et tes pieds. 20 minutes de plus et les engelures se seraient installées pour de bon. Tu aurais pu perdre des doigts. Bois quelque chose de chaud. Assis-toi près du feu. »

« Je... merci, Cob. »

« Joyeux Noël, Mairin. » dit le vieil homme lorsqu'ils atteignent la porte principale.

« Au revoir. » répondit Mairin. « Joyeux Noël! »

Alors qu'elle boitait et se faufilait à travers l'ouverture du portail, Mairin entendit l'appel rauque du snowbird résonner à travers les arbres, juste une seconde, avant qu'elle ne s'engage dans la rue, et que le bruit humide des voitures dans la neige fondue n'efface le son.

Mairin baissa les yeux et vit sa chaussette à rayures arc-en-ciel contre la neige, et eut un petit rire. *Tu as failli mourir, Mair, qu'est-ce que c'est qu'une stupide botte? Vas te réchauffer, idiote, au coin du feu, comme l'a dit Cob.*

*L'estomac de Mairin se revira lorsqu'elle dégringola la falaise de cinq mètres,
un enchevêtrement de membres battant la chamade par réflexe.*

ℭHAPITRE 6

24 décembre 1960

La veille de Noël, Mairin fit la grasse matinée jusqu'à midi passé. Elle sortit en traînant les pieds dans le salon, enfirouapée dans la robe de chambre de son père, et trouva sa mère en train d'attiser un petit feu dans la cheminée. Une tasse fumait sur la table basse.

« Oh, la Belle au bois dormant! J'ai cru que tu allais dormir toute les Fêtes! Il y a du lait de poule dans la cuisine et des sablés pour déjeuner, c'est la saison après tout! Tiens, tu peux prendre le mien, je vais en prendre d'autre tout à l'heure » ajouta Élaine en tendant la chope à Mairin, qui s'était déjà calfeutrée dans le canapé.

« Tu es rentrée tard hier soir. » dit la mère de Mairin d'un ton inquisiteur. « Et tu t'es mise aux bouillottes. »

« Ouais. » répondit Mairin en fermant les yeux et en buvant une bonne gorgée du lait de poule de sa mère. « ... j'ai eu froid aux pieds en rentrant de McGill, j'ai raté le bus. »

« Oui, j'ai vu tes chaussettes mouillées que tu as laissées en boule. Je les ai mises sur le radiateur. »

« Ouais. » Elle prit une autre gorgée, puis en montrant la tasse avec son nez, ajouta « C'est bon. »

« Hé Mair, tu as vu ton premier cadeau? Il est sur le comptoir. »

« Le gâteau aux fruits? J'ai vu. »

« Je t'en ai fait un entier, juste pour toi. Tu peux le manger maintenant, ou le reprendre quand tu retourneras à l'école. Il se conservera. »

Mairin jeta un coup d'œil à sa mère par-dessus la tasse.

« Ah, merci maman. Hé, c'est correct si je le donne à un ami? »

« Bien sûr, c'est Noël, après tout! Tant que c'est à moi que revient le mérite » dit-elle avec un clin de l'œil.

Mairin enfila son manteau et parcouru les six pâtés de maisons qui la séparaient de Villa Maria relativement rapidement; la douleur de sa cheville s'était largement estompée au cours de la nuit, malgré la couleur violette. Le soleil hivernal était de la partie, réchauffant l'après-midi jusqu'à une température supportable de -4°F.

Mairin croisa une femme vêtue d'une longue veste grise qui sortait de Villa Maria alors qu'elle s'apprêtait à y entrer. La femme portait une affreuse broche en forme de chat. Mairin sourit et lui indiqua le long chemin bordé d'arbres qui menait à l'école. « Oh bonjour, savez-vous si Cob est là aujourd'hui? »

« Cob? Je ne crois pas. C'est un étudiant? Il n'y a personne ici aujourd'hui, et je suis juste venu chercher quelque chose que j'avais oublié dans mon bureau. »

« Cob, le vieux ... qui s'occupe du terrain, avec sa pelle. Je lui ai apporté des gâteaux aux fruits. » ajouta Mairin en brandissant le paquet de papier de boucherie qu'elle portait.

La femme réfléchit en fronçant les sourcils.

« Désolé, ma petite, il n'y a pas de gardien ici, pas cet hiver.

Le camion de la ville déneige une fois par semaine, mais il n'y a personne ici. La ville n'est pas venue depuis près d'une semaine et demie, comme vous pouvez le constater en voyant l'état de ce chemin. Et je crains qu'il n'y ait pas de Cob dans l'équipe, et je le saurais. »

Mairin resta sur place, le visage froncé. « Vous êtes sûr? Peut-être que Cob est un surnom? »

« Peut-être, mais je suis certain qu'il n'y a personne dans l'équipe qui se fait appeler Cob, que ce soit par un surnom ou autre. Et comme vous pouvez le constater, personne n'est venu ici avec une pelle depuis un certain temps. »

« Ah, bon, d'accord. » marmonna Mairin, les idées entremêlées.

« Bonne journée à vous, jeune fille. » dit la femme avant de se retourner et de se diriger vers l'arrêt de bus. Mairin resta hébétée pendant quelques minutes, tenant le gâteau aux fruits, avant de se retourner et de marcher dans une bourrasque de neige.

Autour d'un café et d'un beigne au chocolat dans la vitrine du Dépanneur de Bossy, Mairin décida de cacher à sa mère, pour l'instant, les deux rencontres bizarres qu'elle avait eues récemment à Villa Maria.

Elle se remit en tête les derniers événements, essayant de formuler la prochaine étape d'une intrigue qu'elle n'arrivait toujours pas à comprendre.

Lorsque Mairin ouvrit finalement la porte de la maison, elle fût accueillie par les sensations familières de Noël qui lui faisaient chaud au cœur depuis vingt-et-un ans. Le salon éclairé uniquement par l'illumination ludique des guirlandes électriques sur le sapin. L'odeur de l'arbre, la douceur terreuse du pain d'épices qui flotte dans le couloir. La note de basse moisie de la laine mouillée et de la cheminée. L'hilarité cacane de la radio. Le sourire chaleureux de sa mère.

Élaine entra en flottant dans la pièce et posa une couronne de papier orange sur la tête de Mairin, puis lui tendit une tasse chaude qui, Mairin le savait, contenait encore de son fameux lait de poule agrémenté d'esprit des Fêtes. Mairin posa le gâteau aux fruits, enleva ses vêtements détrempés et les laissa tomber en tas. Sa mère tiqua.

« M'aaaan, je ne peux pas porter de couronne à moins de casser un cracker! Donne-moi un cracker. » dit Mairin, avant de se moucher. Élaine donna à sa fille un Christmas cracker à feuille d'or et toutes deux s'installèrent sur le divan. Mairin ouvrit le cracker avec un bruit sec.

« Oh Mair, un gars de McGill t'a appelée. Rodney? Il a mentionné le club d'ornithologie. Il a demandé si tu avais trouvé ton oiseau blanc mystérieux. Il avait l'air de te trouver de son goût. »

« Ah non, maman, il ne me trouve pas de son goût! » répliqua Mairin, concentrée sur le tri du contenu qu'elle avait libéré de son cracker.

« Alors, tu l'as as trouvé? »

« Oui maman, ce n'était rien, juste un moineau albinos. Mystère résolu. »

« Okay. » dit Élaine, pas tout à fait convaincue.

« Il a laissé son numéro? Rodney? » demanda Mairin. Sa mère haussa les sourcils et rit.

Avec un sourire amusé, Mairin brandit un sifflet rouge et une petite oie en métal, puis lève sa tasse vers la cheminée. »

À la tienne, Murray. Et toi aussi, Cob. »

« Pourquoi as-tu dit Cob? C'était le surnom de ton grand-père pendant la guerre. C'était dans ses notes? » demanda Élaine.

« Euh, oui. » répondit Mairin à voix basse.

Élaine glissa une petite photo encadrée à Mairin. « J'ai enfin trouvé sa photo hier matin en rangeant un des boîtes du déménagement. Le voici, ton grand-papa Nolan, dans son uniforme. Les Grenadier Guards. Il est-tu pas beau? »

Mairin regarda le visage de l'homme avec la casquette d'officier et un frisson parcouru sa colonne vertébrale. Le nez, le front, la candeur du visage. Elle regardait une photo de Cob, lorsqu'il était beaucoup plus jeune. Elle déglutit difficilement.

« Un homme gentil. » dit Mairin. Élaine penche la tête. « J'ai entendu dire que c'était un homme gentil, n'est-ce pas? »

Frank Sinatra chantait "The First Noel" à la radio. Mairin posa la photo.

« Mhhh-hmm. » répondit Élaine.

« Parlez-moi de lui. » demanda Mairin, reprenant son calme.

Élaine regarda l'horloge de la cheminée et glissa à sa fille un cadeau enveloppé dans un papier bleu layette parsemé de flocons de neige argentés.

« Ooh, je sais qu'il n'est pas encore minuit, mais c'est presque. Ouvre-le, chérie. »

« Joyeux Noël, maman. »

« Mairin Christmas, hun. »

Mairin regarda au ciel et déballa son cadeau. C'était une boîte à cigares remplie de lettres et de plusieurs petits carnets.

« Je ne l'ai pas très bien connu, Mair, il est décédé quand j'étais assez jeune, comme tu sais. Peut-être que ceci t'aidera. Je les ai trouvées quand j'ai déniché cette photo. C'est une sorte de cadeau surprise pour toi. »

Mairin s'exclama « Wowee » et inspecta le carnet sur lequel figuraient ***Des oiseaux étranges que j'ai vu en France 1916-1917*** et un autre avec ***Des Oiseaux NDG 1906-1911*** imprimés sur la couverture dans l'écriture verte caractéristique de Murray Nolan.

« Il s'agit de quelques-unes de ses lettres de guerre et d'autres notes qu'il a prises en observant les oiseaux. Tu les veux? »

« Oui, maman, j'aimerais beaucoup. »

Les doigts de Mairin détectèrent de profondes rainures au dos de l'un des livres et le retournèrent, révélant les mots « Studia vestra sunt momenti. Numquam dedite » gravés profondément par des coups de crayon répétés.

« Studia vestra sunt momenti, Numquam dedite » lut Élaine en riant. « Une des nombreuses devises latines mal traduites de papa, qu'il suivait : Tes études sont importantes, n'abandonne jamais. »

Je suppose que je ne le ferai pas, pensa Mairin, puis elle feuilleta un troisième carnet sur lequel était collée, légèrement de travers, une étiquette jaunie portant la mention « ***Données complètes sur la migration du cardinal.*** »

Mairin eut l'impression de ne plus pouvoir respirer pendant un long moment. Elle voulait dire à sa mère que ce simple carnet pouvait très bien prouver que Murray Nolan avait formulé plusieurs théories ornithologiques révolutionnaires et que le professeur Drouin avait volé ces idées - mais elle ne le fit pas. Au lieu de cela, elle serra sa mère dans ses bras et se dit que son semestre n'avait pas été un échec total et qu'elle allait supplier ses professeurs à Bishop's de la laisser faire des travaux de rattrapage pour qu'elle puisse passer les cours qu'elle était sur le point d'échouer. Elle se demanda aussi combien lui coûterait un appareil photo décent avec un téléobjectif.

« Studia vestra sunt momenti, Numquam dedite, M'an. » dit Mairin en souriant, les yeux pleins de larmes. Elle ramassa la boîte de cigares et la serra contre sa poitrine pour l'effet, puis les deux femmes s'échangèrent des chopes et chantèrent jusqu'à la fin de la chanson.

-Fin-

MATT POLL - AUTHOR

Par une fraîche soirée de printemps, sur une île isolée de la mer Jaune, un gangster coréen m'a kidnappé et m'a forcé à boire de l'alcool d'arbre avec lui. Nous avons fini par chanter des chansons de John Denver jusqu'au lever du soleil. C'est une histoire vraie. C'est ce qu'il m'a fallu pour reconnaître ma vocation. Alors que je rentrais chez moi en titubant ce matin-là, je me suis dit...

« Il faut que je commence à écrire tout ça ». Matt Poll est un Montréalais migrateur qui est revenu au pays après plus d'une décennie passée à l'étranger. Cependant, ses voyages l'ont conduit à de nouvelles activités : les oiseaux, l'écriture, la correction d'épreuves et même le karaoké. Reconnaissant que tout le monde a une histoire, Matt savait, après cette nuit de festivités, qu'il en avait plus que sa part.

DAN SVATEK - ARTIST

Dan Svatek griffonne toutes sortes de créatures depuis qu'il sait tenir un crayon. En dessinant des histoires sur les escapades d'une perruche bien-aimée, il a développé une fascination pour les oiseaux et l'observation des oiseaux tout au long de sa vie. Après de nombreuses années en tant qu'illustrateur et scénariste, Dan s'est récemment tourné vers la bande dessinée et le portrait animalier, inspiré par les animaux de ferme rescapés par le sanctuaire SAFE au Québec. Dan a récemment présenté à Montréal une exposition de peintures intitulée « Cutting Board Portraits », inspirée par ces animaux rescapés. Son prochain roman graphique, « Cat Looker », bénéficie d'une subvention du Conseil des arts du Canada.

PLUS DE MATT POLL

Dark Flock n'est pas un roman ordinaire. Il s'agit d'une collection de fictions à plumes étranges. Des expéditions ornithologiques post-apocalyptiques aux rencontres étranges avec des forces aviaires surréalistes, chaque histoire de ce recueil vous fera douter de la réalité. Rejoignez les personnages qui naviguent dans des récits tortueux situés au Danemark, en Corée et ailleurs, où la frontière entre le naturel et le surnaturel s'estompe. Avec un mélange de mystère, de dystopie et de paranormal, « Dark Flock » promet de captiver les lecteurs avec ses concepts uniques dans le monde de la Twilight Zone Birding de Matt Poll.
(Disponible en anglais)

WWW.STYGIANSOCIETY.COM